L. DE LA BRIÈRE

L'AUTRE FRANCE

VOYAGE AU CANADA

PARIS

E. DENTU, ÉDITEUR

LIBRAIRE DE LA SOCIÉTÉ DES GENS DE LETTRES

PALAIS-ROYAL, 15-17-19, GALERIE D'ORLÉANS

1886

L'AUTRE FRANCE

Paris. — Soc. d'impr. PAUL DUPONT (Cl.) 130.1.86

L. DE LA BRIÈRE

L'AUTRE FRANCE

VOYAGE AU CANADA

PARIS

E. DENTU, ÉDITEUR

LIBRAIRE DE LA SOCIÉTÉ DES GENS DE LETTRES

PALAIS-ROYAL, 15-17-19, GALERIE D'ORLÉANS

1886

Au général DE *CHARETTE,*

L'hôte et l'ami du Canada,

HOMMAGE RESPECTUEUX ET DÉVOUÉ

d'un zouave pontifical.

AVIS AU LECTEUR

Au mois d'août 1885, je débarquais sur le Continent américain.

C'était un dimanche.

Le dimanche, les trains se reposent, en ce pays-là : donc, pour mes amis et pour moi, vingt-quatre heures à perdre dans un petit port, exclusivement anglais.

Nous parcourions, à l'aventure, les environs, très pittoresques.

Un Américain nous aperçoit dans la campagne :

— *Quelle est cette société?*

— *Nous sommes des visiteurs français.*

— *Ah oui! je sais! Les journaux vous ont annoncés.*

Il nous dévisage, nous détaille, nous analyse, et part en courant, après nous avoir conjurés de ne pas nous éloigner trop vite.

Peu après, il revient; mais, en spéculateur pratique, il est accompagné cette fois de tous les villageois des environs, qu'il a convoqués à la hâte, et auxquels il exhibe les Français, avec un boniment... non sans avoir perçu de chaque curieux la redevance légitimement due à tout honnête barnum qui découvre, et qui exploite sa découverte: — deux CENTAINS *par spectateur.*

L'auteur de ces notes sur le Canada n'a rien de commun avec le barnum improvisé.

D'abord, il n'a point découvert : les Canadiens, grâce à Dieu, ne sont plus en France des inconnus.

En second lieu, il n'obéit à aucun intérêt. S'il appelle, de tout son cœur et de toute sa force, les spectateurs autour de sa rapide esquisse, c'est qu'aimant le Canada il voudrait le faire aimer !

L. DE LA B.

SALUT !

A travers l'Atlantique, une voix a parlé !
C'est notre jeune sœur, c'est la *nouvelle France*,
Qui, dans le fier essor de son adolescence,
Adresse un cri d'appel au vieux monde ébranlé :

« Viens, Frère, viens puiser ma force et ma jeunesse !
« Viens puiser aux trésors de ma fécondité !
« La puissante verdeur de ma virginité
« De centuples moissons assure la promesse !

« Demande à mes sillons, demande à mes forêts
« Ce qu'un sol épuisé refuse à ta culture,
« Et demain, pour nous deux, la moisson sera mûre :
« Car j'ai place pour tous en mes vastes bienfaits.

« Tu rempliras chez moi les granges appauvries :
« Et dans mon cœur ému tu trouveras, ardents,
« Les communs souvenirs, les communs sentiments,
« Et le culte jumeau de nos doubles patries.

« Tout est rempli de toi, Frère trop oublieux;
« Tout chante sur mon sol ton passé, ta mémoire :
« J'ai cultivé ta langue et gardé ton histoire;
« Plus fidèle que toi, j'ai conservé tes dieux!

« Loin de toi, deux cents ans, j'ai grandi solitaire;
« Mais vivace en mon cœur je retrouve ton sang;
« Ta sœur sait refuser un autre embrassement :
« Pour partager sa dot, elle appelle son frère! »

Et notre vieux pays, à cette jeune voix,
Qui lui parle d'amour et souffle l'espérance,
Quand le monde jaloux prédit sa défaillance,
Tressaille et reconnaît cette sœur d'autrefois.

Il écoute, il palpite, et le jour se prépare,
Où ses fils répondront à l'appel du dehors,
Demandant au sol neuf ses faciles trésors,
Et sous un ciel clément la gerbe moins avare!

Il viendra : nous le devançons!...
Un vent ami, gonflant nos voiles,
Va confondre nos deux étoiles!
Salut, Frères, nous arrivons!

L. de la B.

AU CANADA

AU CANADA

I

L'ACCUEIL

C'est avec amertume qu'un Français parcourt le monde.

Depuis nos grands revers et nos grandes folies, il rencontre, sous toutes les latitudes, la légende antique de nos splendeurs, le renom de nos sympathiques et chevaleresques souvenirs; mais il constate douloureusement un déclin, j'aimerais mieux dire une éclipse, dans les sentiments traditionnels, dans l'admiration héréditaire que les peuples ont nourris pour les favoris de la gloire. Au Midi comme au Nord, sur les deux rives de l'Atlantique, les plus courtois dissimulent à peine une nuance dédaigneuse dans leurs appréciations à l'égard d'une nation qui n'impose plus à cette heure le respect d'autrefois.

Mais il est un coin du monde où persévère la plus franche, la plus fidèle affection vis-à-vis de la France, un peuple ardent et unanime dans ses invariables sympathies, qui pleure avec nous et qui espère avec nous, une terre qui garde le culte de notre histoire et l'attachement de son origine : c'est notre colonie perdue, le Canada.

Lors de la conquête anglaise, nous y avons laissé soixante mille habitants. Les voici deux millions à cette heure, deux millions qui parlent notre langue, qui l'emporteront demain sur l'élément anglais, et qui, loin de nous renier, mettent leur honneur à compter comme nôtres !

Ils le disent, ils l'écrivent, ils le chantent avec passion ; ils viennent de le témoigner avec un éclat qui doit trouver un vif écho dans tous les cœurs français.

Quelques touristes, explorateurs ou chasseurs, venus de la Mère Patrie, avaient visité isolément la *Nouvelle-France :* les Canadiens les avaient accueillis avec joie : le nom de M. Xavier Marmier‘ notamment, et celui de l'illustre général de Charette sont encore dans toutes les bouches, sur les rives du Saint-Laurent. Mais l'enthousiasme a débordé, cet été, quand a débarqué, sur le sol ami, un groupe nombreux de Français. Ce voyage a pris là-bas les proportions d'un événement national ; et les manifestations les plus éclatantes, les plus touchantes, se sont multipliées sous les pas des visiteurs, avec une magnificence, avec un élan qui ne sauraient demeurer sans écho.

Le gouvernement et les particuliers ont rivalisé d'entrain, et les sympathies unanimes, enthousiastes, qui ont éclaté sous nos pas, nous ont émus profondément.

Partout nous trouvions les populations massées sur notre passage, parées de rubans tricolores, déployant le drapeau français à côté du drapeau national, accourues de vingt et trente lieues pour nous saluer, nous haranguer, ou seulement nous entrevoir et nous acclamer.

Le surintendant des chemins de fer dirigeait en personne notre train, prolongeant de quelques instants l'arrêt aux gares, magnifiquement pavoisées, pour permettre à la foule de nous témoigner ses sentiments.

Partout les fleurs volaient, mêlées à de petits drapeaux de soie qui portaient des inscriptions françaises, celle-ci notamment :

Tout homme a deux patries :
Son pays et la France!

Partout des adresses, protestant que le Canada reste fidèle aux souvenirs de la vieille patrie, et veut obstinément perpétuer les traditions fraternelles, demandant que les rapports se resserrent entre les deux Frances.

Le discours est toujours suivi de hourras, qui poursuivent longtemps nos wagons. Les dames ne sont pas les moins empressées.

Un souvenir spécial à la ville de Lévis,

où nous sommes arrivés le soir, et que le large Saint-Laurent sépare seul de Québec. Lévis était illuminé depuis la rive jusqu'au sommet des coteaux que couronnaient de grands feux. Des arcs de triomphe avaient été dressés; les édifices publics, les maisons particulières, celles mêmes des consuls étrangers, resplendissaient de flammes aux trois couleurs; partout des torches et des cordons de lumière. La foule avait envahi la gare et la voie même, débordant la police et violant toutes les consignes, dans son ardeur enthousiaste.

Au moment où nous descendons de wagon, le canon tonne, les cloches sonnent, les fusées d'artifice éclatent de tout côté, embrasant de mille gerbes le ciel sombre; un *vivat* formidable, interminable, se fait entendre.

Les grandes eaux du Saint-Laurent — le plus large fleuve du monde, — répétaient les clartés de l'embrasement, tandis que sur les hauteurs, de l'autre côté du courant, se détachait, dans la pénombre, la silhouette des terrasses et des clochers de Québec. Vraiment le spectacle est saisissant par sa grandeur, pendant qu'au milieu d'un silence subit le vieux maire, M. Lefrançais, nous redit avec émotion la fidélité des Canadiens à notre langue, à notre culte, à notre pays.

Un souvenir aussi à la ville de Trois-Rivières, qui nous a fait, dans sa grande salle municipale, un accueil vraiment splendide.

Un autre encore, — je n'ai pas la prétention de les mentionner tous, — à la ville de Saint-Hyacinthe, si chaleureusement enthousiaste; et à la ville de Saint-Jérôme. Là, une population tout entière nous a conduits au milieu des acclamations à l'église paroissiale, où le *Te Deum* a éclaté devant le Saint-Sacrement exposé parmi les faisceaux de drapeaux tricolores; et, durant la promenade qui a précédé le banquet, une escorte d'honneur, composée de cavaliers aux couleurs de la France, accompagnait nos voitures.

Les musiques canadiennes croient nous honorer en jouant, avec leurs airs nationaux, la *Marseillaise*, laquelle est désagréable à la plupart de nos oreilles ; nos hôtes sont de si bonne foi, si ignorants de notre impression pénible, que nous aurions mauvaise grâce à leur dire leur erreur : pour eux, c'est l'air officiel destiné à nous réjouir le cœur; ils le répètent dans ce but.

Nous n'avons, d'ailleurs, qu'à nous louer de leurs égards et de leur tact affectueux. Ainsi, dans un banquet à Québec, le maire, ayant nommé M. Grévy, a aussitôt expliqué qu'il n'entendait nullement témoigner de ses préférences pour le régime républicain; mais qu'il désignait, en ce personnage, le premier magistrat de la France, et honorait ainsi la France même, sans considération spéciale du fonctionnaire et du régime.

En effet, ces hommages spontanés, ces sympathies fraternelles, exposées avec tant de chaleur et de droiture, visaient surtout la vraie France, celle qui travaille au progrès dans la voie large des traditions nationales, celle qui croit et qui prie. Aussi les Français, arrivant à Rimouski, la station où les attendaient les premières ovations, ont-ils trouvé sur le quai de la gare, à la tête de la population, aux côtés des autorités, le curé de la cathédrale, apportant à des catholiques le salut de leurs frères. Plus tard et plus loin, c'est, comme à Sainte-Thérèse et jusque dans les rues de Montréal, en déployant les étendards blancs fleurdelysés, que les Canadiens ont royalement accueilli les Français. On leur a montré avec orgueil la fleur de lys de France, décorant de son vieux symbole les grandioses constructions qui s'élèvent pour le Parlement provincial et pour la Cour de justice. A la basilique archiépiscopale, au pieux pèlerinage de Sainte-Anne de Beaupré, on s'est empressé de placer sous leurs yeux les splendides parures offertes aux sanctuaires du nouveau monde par la piété de Louis XIV et d'Anne d'Autriche. En un mot, la *Nouvelle-France* est celle qui se souvient!

II

II

LA CAPITALE — LE GOUVERNEMENT

Le Canada se compose de sept provinces qui ont chacune leurs lois particulières, leur parlement libre, leur administration séparée.

Les deux provinces les plus peuplées sont celle de Québec, presque toute française ; celle d'Ontario, où domine encore l'élément anglais.

Lorsque fut organisée la Confédération actuelle, les deux provinces rivales se disputèrent l'honneur de lui donner sa capitale. Les Français proposaient Québec ou Montréal ; les Anglais, Toronto. On crut bien faire en choisissant pour le centre du gouvernement une petite ville située sur la frontière des deux contrées : Ottawa, où siègent le ministère et le Parlement fédéral, avec le Lord gouverneur général, envoyé d'Angleterre, un gouverneur qui gouverne bien peu, et qui représente l'autorité de la lointaine métropole.

Représentation on ne peut plus platonique d'ailleurs ! Quand on interroge les Canadiens sur la nature du lien qui les rattache à la Couronne anglaise, on obtient de curieuses réponses :

— Quel est votre souverain ?

— Nous sommes, pour le moment, les

fidèles et les loyaux sujets de Sa Gracieuse Majesté la Reine d'Angleterre.

— Quel impôt lui payez-vous?

— Pas une piastre.

— Lève-t-elle chez vous des troupes?

— Pas un homme.

— Entretient-elle chez vous un corps d'occupation?

— Non : dans cet empire aussi grand que l'Europe, les forces britanniques sont représentées par un régiment cantonné au bord de la mer, dans la citadelle d'Halifax.

— Mais cependant vous avez soutenu dernièrement une lutte armée contre les Peaux-Rouges de l'Ouest. N'est-ce pas l'armée de la Reine qui vous a défendus?

— Non : ce sont nos milices locales, équipées, organisées, entretenues à nos frais, qui ont triomphé des Indiens.

— Du moins fournissez-vous à la Reine quelque contingent tiré de vos milices, quand elle guerroie dans l'une de ses autres possessions ?

— Non : nous avons délibéré là-dessus quand Sa Gracieuse Majesté s'est trouvée dans l'embarras, notamment quand elle a pensé engager une lutte contre la Russie, laquelle nous joint, presque, par le Nord ; mais nous avons décidé que nous nous abstiendrions : la neutralité est plus avantageuse.

— Pourtant, vous arborez le pavillon anglais ?

— Pas exactement. Nous avons le nôtre : nous plaquons notre écusson canadien sur les couleurs anglaises.

— Mais c'est partout l'ambassadeur anglais qui protège vos nationaux ?

— Nous avons à Paris et même à Londres nos représentants directs ; ils ne jouissent peut-être pas du privilège diplomatique ; mais ils sont officieusement reconnus, et font nos affaires.

— Pourtant vous n'êtes pas une puissance pouvant traiter avec les puissances étrangères ?

— Nous sommes en train de négocier un traité spécial de commerce avec la France.

— Mais vous faites partie du système douanier anglais ?

— Pas le moins du monde : les marchandises anglaises payent chez nous les droits de douane, tout aussi bien que les marchandises étrangères.

— Enfin, comment donc se manifeste vis-à-vis de la Reine ce fameux loyalisme dont vous parlez?

— Comment il se manifeste? Mais vous en avez été témoins! Dans tous les banquets de notre pays, le premier toast est toujours porté à la Reine. Nous buvons à sa santé!

De fait, tel est le plus clair bénéfice de sa Gracieuse Majesté!

Et si l'on pousse plus loin les indiscrètes questions :

— Mais puisque vous tenez si peu à

l'Angleterre, désirez-vous lui échapper, vous unir à vos voisins des États-Unis?

— Non, vous répondra-t-on vivement, non jamais, mille fois non! nos pères ont répandu leur sang pour résister à l'annexion!

— Voulez-vous donc redevenir sujets français?

— Non : nous aimons chèrement et sincèrement la race française, dont nous sommes. Mais ce qui est fait est fait!

— Alors, votre idéal est de demeurer Anglais?

— Qui vivra verra! Pourquoi vouloir que nous soyons à perpétuité Anglais, ou Yankees, ou Français? Ne pourrions-nous pas un jour être tout simplement Canadiens?

C'est peut-être ce rêve que réalisera l'avenir. Pour le moment, il n'en est pas question. Mais franchement, la réalité présente ne s'en éloigne guère en pratique ; et les institutions actuelles sont si indépendantes qu'elles assimilent beaucoup le Lord gouverneur général au roi Soliveau de la Fable!

Il faut rendre à la courtoisie ou à l'adresse de Canadiens-Anglais cet hommage, qu'ils se sont associés avec empressement, avec une entière bonne grâce à l'accueil qu'ont fait à leurs visiteurs les Canadiens-Français.

A Québec et à Montréal, ceux-ci sont

en majorité ; mais les conseils municipaux, les *corporations*, comme on dit là-bas, comptent plusieurs Anglais d'origine. Or, quand les deux maires, qui sont Français d'origine, firent connaître, en séance, la prochaine arrivée des *délégués*, — c'est cette désignation qui nous fut donnée au cours de notre voyage, — et demandèrent les fonds nécessaires pour nous recevoir en grande pompe, l'unanimité des suffrages anglais et français leur donna carte blanche pour l'organisation des fêtes, sans limitation des dépenses.

Bien plus, à Ottawa, la capitale fédérale qu'administre une *corporation* principalement anglaise de langue et d'origine, nous attendaient les mêmes honneurs que dans les villes canadiennes françaises. Un long cortège de voitures nous conduisit de la gare à la mairie; le maire, en robe rouge, entouré des échevins, nous fit lire, en français, par interprète, une adressse fleurdelysée, nous offrit un grand banquet en musique, nous distribua de gracieux souvenirs, nous offrit le spectacle d'un branle-bas d'incendie, nous fit visiter la cathédrale catholique, l'université, les scieries et le magnifique palais fédéral.

Cette construction nouvelle, de style gothique, couronne de ses arcades, de ses tours, de ses clochetons, une colline boisée qui domine le cours pittoresque et les superbes cascades de l'Ottawa. Elle renferme les différents ministères; la Cour suprême ; la bibliothèque du Parlement, disposée en grande rotonde, ornée d'une belle statue de la reine Victoria, et contenant la riche production littéraire, économique, juridique, de la jeune confédération ; enfin la Chambre des communes et la salle du Sénat, où retentissent alternativement la langue anglaise et la langue française, admises sur le pied d'une parfaite égalité.

S. Exc. le gouverneur général, avec sa famille et ses aides de camp, habite, dans le voisinage de la ville, une vaste demeure dont il me sera permis de mentionner en passant la large et gracieuse hospitalité.

Les Canadiens gardent leur souvenir

à Lord Dufferin, qui s'est rendu vraiment populaire.

Le marquis de Lorne lui a succédé dans sa fonction de gouverneur, qui est rétribuée, par la colonie elle-même, deux cent cinquante mille francs. Son passage a été attristé par un accident survenu à son auguste épouse, la princesse Louise, fille de la Reine, qui, jetée un jour hors de son traîneau et gravement blessée, demeura longtemps malade.

Le titulaire actuel, marquis de Landsdowne, est un grand seigneur aimable et instruit, qui joint à ses autres qualités le mérite, très apprécié au Canada, de tenir par sa mère à une famille française et de parler notre langue avec une exquise pureté.

Le pays lui en sait gré... trop bon gré, au jugement de certains.

Je faisais un jour chorus avec des Canadiens qui célébraient son éloge :

— Sans doute, sans doute, fit un patriote à l'humeur impatiente, je n'ai pas à vous contredire sur le compte du noble Lord; mais c'est précisément là ce qui me fâche contre lui!... Les Anglais avanceraient nos affaires et mûriraient chez nous les questions en se faisant représenter dans notre pays par des personnages désagréables!... Il nous faudrait, voyez-vous, un gouverneur anglais qui méritât l'antipathie. A la bonne heure! Celui-là, on le détesterait, et le pays, qui se francise chaque jour davantage, c'est-à-dire qui redevient lui-même, marcherait plus vite dans sa voie !

III

III

LES LIBERTÉS

Au point de vue du progrès libéral, les Canadiens nous devancent d'un siècle.

La Révolution ne les a pas effleurés ; les réformes vivifiantes s'opèrent chez eux sagement et honnêtement ; respectueuses des institutions et des principes, elles obéissent graduellement aux mœurs et aux besoins modernes, sans subir le souffle qui tue.

Le Canada-Français, si foncièrement catholique et par conséquent si fidèle à la tradition et à l'autorité, jouit à cette heure de toutes les libertés publiques qu'ont étouffées chez nous cent ans de révolutions.

— Nous sommes en retard, quant à l'horloge, me disait un Canadien : il est cinq heures du soir à Paris, quand il n'est que midi chez nous. Mais, dans la voie de la liberté, nous sommes en avance !

La liberté civile et politique?

Celle-là est absolue.

Les lois, différentes selon les États de la Confédération, sont votées par des députés qu'élisent tous les propriétaires, locataires ou occupants d'immeubles valant mille francs en capital.

Aucune mesure préventive ou restrictive relativement à la presse, aux réunions publiques, aux associations.

Le Canadien, accusé en justice, peut, en beaucoup de cas, choisir entre la procédure expéditive des magistrats, ou celle des prochaines assises. Lui-même alors dresse, d'après le répertoire général des jurés, la liste des douze qui lui conviennent. Il n'est jamais condamné que si le jury est unanime contre lui.

Pas de service militaire imposé : l'armée se compose uniquement de milices volontaires. Les volontaires appelés touchent, en dehors de l'équipement et de la nourriture, deux francs cinquante et jusqu'à cinq francs par jour. Les dépenses militaires, en France, représentent vingt-trois francs par contribuable; au Canada, un franc.

Bien plus, sujets de la Couronne anglaise, les Canadiens arborent carrément et habituellement le drapeau tricolore; ils prennent les armes pour qui leur plaît. En France, ceux qui voulurent combattre pour le Saint-Siège durent se rendre isolément à Rome pour s'y engager et y former régiment. Encore n'échappèrent-ils pas tous aux défiances et aux susceptibilités gouvernementales. Mais au Canada, en 1867, alors que la Reine était en pleine paix avec l'Italie, on vit des bataillons entiers se recruter et s'organiser publiquement, au milieu d'éclatantes manifestations, pour aller combattre l'Italie sous les drapeaux du Saint-Siège, sans la moindre opposition de la part du gouvernement!

Et, pratiquement, que résulte-t-il des libertés civiles et politiques si largement pratiquées?

L'abus, l'excès, la violence, l'inquiétude?

Ce peuple si libre est-il digne de l'être?

Voici ma réponse :

Le jour et la nuit, j'ai parcouru le pays en tous sens, les campagnes et les forêts : je n'ai pas vu un gendarme; le garde champêtre est inconnu.

Quand, faute de délits, le magistrat d'un comté n'a pas eu à exercer ses fonctions répressives durant toute une session, il est de tradition qu'une paire de gants blancs lui soit offerte. Eh! bien, je sais des magistrats auxquels cette rente répétée constitue un vrai fonds de ganterie!

La liberté religieuse?

Le respect pour les croyances est le caractère dominant de la législation. Les Canadiens-Français sont catholiques, pour l'immense majorité. Les Canadiens-Anglais sont catholiques, anglicans, méthodistes, presbytériens, wesléïens. L'État ne subventionne aucun des cultes, mais la loi leur assure à tous la protection la plus large.

Par respect pour les usages religieux des confessions diverses, la loi admet, en justice, deux serments officiels : le serment sur la Bible, et le serment sur le Crucifix, selon que vous êtes protestant ou catholique.

Les démonstrations religieuses, extérieures et publiques, ne rencontrent jamais qu'une déférence unanime. Les insignes et les bannières circulent librement. Les congrégations d'hommes et de femmes se groupent à leur guise, ouvrent des chapelles publiques comme il leur plaît; et j'ai trouvé, bien vibrantes encore au Canada, après plusieurs années écoulées, la surprise, l'indignation qu'ont éprouvées protestants et catholiques, devant les actes monstrueux d'arbitraire administratif commis contre les moines de France par nos républicains.

La liberté municipale?

Nulle part peut-être la décentralisation n'est plus radicalement pratiquée.

La commune, ou plutôt, pour parler la vieille langue chrétienne du pays, la paroisse, est indépendante, maîtresse chez elle.

Le gouvernement n'y perçoit ni impôt foncier, ni impôt mobilier, ni impôt du timbre, ni impôt des portes et fenêtres, ni impôt sur les successions.

Les seules taxes qui frappent les citoyens sont les taxes municipales, directement consenties et perçues chaque année par la paroisse, en vue de ses besoins particuliers.

Pour faire face aux nécessités générales, l'Etat ne prélève aucun impôt. La Caisse fédérale s'alimente seulement du revenu des Douanes, — qui, grâce à un protectionnisme outrancier, s'élève à cent millions de francs environ, — et de quelques produits spéciaux, comme celui des patentes pour la vente des spiritueux.

Quant aux gouvernements provinciaux, ils vivent d'allocations puisées dans la Caisse fédérale.

En France, si l'impôt était distribué par tête, chacun payerait cent neuf francs ; au Canada, chacun trente-cinq francs !

La liberté scolaire?

L'instruction primaire est obligatoire, en ce sens, que chaque père de famille est tenu de contribuer à l'entretien des écoles de sa paroisse, qu'il en use ou non.

Mais l'école est libre, maîtresse de son culte, et subventionnée sans acception de confession catholique ou de confession dissidente.

Dans chaque paroisse, la commission scolaire, élue par les contribuables, touche la taxe municipale scolaire avec la subvention gouvernementale, et répartit le tout entre les différentes écoles.

Dans les localités de religions diverses, si la minorité religieuse n'est pas satisfaite de la commission scolaire élue par la majorité, elle en désigne une autre qui opère parallèlement. La taxe scolaire et la subvention gouvernementale sont alors partagées entre les écoles de la majorité et celles de la minorité, proportionnellement au nombre des élèves.

C'est très simple et très juste.

Une autre liberté à mentionner, non parce qu'elle est spéciale au Canada, mais parce que sa récente conquête, équitable et pacifique, montre la sagesse de ce jeune peuple, et l'abîme qui sépare deux termes trop souvent confondus : Réforme, Révolution.

Cette liberté récente, c'est la liberté du sol.

La Révolution française a noyé dans une mer de sang le système féodal; la réforme canadienne, qui date de trente ans, a su rendre la terre libre, sans attenter à la propriété, sans méconnaître les droits légitimes.

La France, en effet, avait laissé dans certaines parties du Canada des seigneurs et des colons.

Le seigneur, premier concessionnaire d'un domaine colonial par commission du Roi, avait été originairement chargé de distribuer sans frais sa terre entre des colons, de les protéger et de construire pour leur usage un moulin commun. Le colon, par contre, lui devait une rente foncière, avec l'acquit de certains droits en nature, tels que les droits de mouture et de mutation. Il y avait, en somme, aliénation par le seigneur, en faveur du colon, non pas au prix d'un capital payé, mais moyennant certaines conditions qui grevaient la terre d'une dette perpétuelle.

En cas semblable, la Révolution française a purement et simplement maintenu la cession du seigneur et supprimé les conditions de la cession, c'est-à-dire libéré la terre de toute sa dette, sans égard au contrat passé.

Le Canada, en 1854, a voulu, lui aussi — les conditions sociales et agricoles ayant changé, — libérer la terre de ses anciennes charges, mais non pas en lésant ceux qui l'avaient cédée.

On distingua donc entre les droits seigneuriaux (mouture, mutations), d'une part, et la rente foncière, d'autre part. L'État racheta lui-même les droits seigneuriaux, pour les supprimer, indemnisant les seigneurs, au prix de quatorze millions de francs. Quant à la rente foncière, on la déclara rachetable, le débiteur pouvant désormais continuer à la payer comme un intérêt, ou s'en affranchir, à sa volonté, en versant le capital. Ainsi toute terre est devenue franche et libre, soumise au droit commun, sans que personne fût lésé dans sa propriété.

Et ces choses se sont faites, après délibération mûre, calme, réfléchie, entre les intéressés divers, tous droits respectés, toute justice satisfaite, et sans que fût ternie par une spoliation la conquête d'une liberté!

IV

IV

LA COLONISATION — LE ROI DU NORD

Il y a encore une liberté, assez appréciable, dont on jouit au Canada : celle de ne pas mourir de faim.

L'étendue du Canada, la fecondité de son sol vierge promettent à sa population, promettraient aux émigrants d'Europe, l'aisance par le travail.

En effet, le Canada français, la province de Québec, est grande comme la France; les deux tiers du sol attendent encore la charrue ; le gouvernement vend ces terres neuves 3 francs l'arpent, et même 1 franc, payables à terme; ou bien encore il les donne gratuitement. De plus, la loi soustrait le lot colonial aux hypothèques, dettes, responsabilités pécuniaires antérieurement contractées par le concessionnaire; et les meubles, provisions, animaux nécessaires au colon, à sa veuve, à ses enfants, échappent légalement à toute saisie judiciaire. Si l'on ajoute que le climat est sain, la terre féconde, la culture sans contrôle, même celle du tabac; la chasse et la pêche libres et abondantes, les filles à marier vaillantes et laborieuses; que partout s'ouvrent les routes et les chemins de fer: il ressortira que, pour atteindre promptement l'aisance rurale, il ne faut à l'émigrant que des bras et du cœur.

Aussi répond-il à l'appel. La colonisation progresse chaque année.

Chose curieuse, et qui prouve les qualités conservatrices du peuple canadien : il fait énergiquement appel à toutes les haches, à toutes les scies d'Amérique et d'Europe; mais quand le colon arrive, quand les forêts immenses sont à peine entamées, écornées par le défrichement, déjà le pays se préoccupe des dommages et des inconvénients qui résulteraient de la guerre faite à ses arbres. Chaque année, un jour est désigné par ordonnance du gouverneur provincial : c'est la *fête des arbres*. Les écoles ont congé, les occupations ordinaires sont partout suspendues, et chacun, du petit au grand, plante joyeusement au moins un arbre. Nul n'y manque, et tous profiteront un jour de ce reboisement régulier: car les plants canadiens ne craignent plus la chenille, depuis l'importation toute récente du moineau français qui a pullulé là-bas et purgé la campagne.

Qu'advient-il du colon? Fait-il ordinairement fortune, grande fortune?

Franchement, d'après ce que j'ai vu et entendu, je n'oserais l'affirmer.

Mais où donc la culture proprement dite a-t-elle enrichi?

Ce qu'on peut établir, sans rien surfaire, c'est que, toujours, les colons, canadiens et européens, trouvent dans ces sillons nouveaux, qui ne leur sont pas mesurés, une aisance élargie s'ils ont apporté l'aisance, et, tout au moins, s'ils n'ont apporté que leurs bras, la vie plus facile, la terre plus féconde, le travail plus rémunérateur que chez nous.

Sous le ciel de la Nouvelle-France, il y a place pour toutes les énergies rurales que découragent nos étroites limites. L'attrait de la propriété dans un pays libre et heureux est fait pour séduire bien des déshérités, bien des écœurés, qui, traversant l'Atlantique, trouveraient là-bas, non pas de fantastiques trésors dont il serait exagéré d'évoquer le mirage, mais l'espace, l'indépendance, et le gain quadruplé.

Il y a un singulier personnage que l'on appelle ici le *Roi du Nord*, ou, familièrement : « le curé Labelle ».

Une nation, le Canada entier, proclame les services rendus par ce pasteur de campagne. A lui sont dus les pas de géant qu'a faits la colonisation dans le nord et dans l'ouest de l'Amérique Septentrionale. Ce conquérant pacifique et patriote a jeté dans le désert des voies ferrées, des fabriques, et surtout des villages de colons, qui avancent chaque jour davantage la limite de la civilisation et le progrès de la richesse agricole. Dans toute la Confédération, son nom résonne comme celui d'un victorieux, et je ne crois pas qu'on puisse rencontrer un souverain plus populaire.

Cet homme extraordinaire est un fort, solide et riant apôtre, qui ne se pique pas de beau langage, et qui ne mâche pas ses mots quand il exhorte à la fécondité les femmes du Canada, leur demandant des fils sans nombre pour peupler de rejetons français les régions inhabitées.

Sa bonhomie énergique et simple attire dès l'abord, et sa conviction de colonisateur vous pénètre.

Il subjugue et entraîne vingt jeunes ménages, solides, chrétiens, travailleurs; il les emmène dans la forêt et leur taille leur domaine. Quand le défrichement est en bonne voie, le curé Labelle s'en va dix lieues plus loin, avec d'autres colons.

Les villages se fondent, la culture s'étend.

Ces saines et neuves populations s'accroissent dans une proportion fabuleuse. Le *Roi du Nord* les visite, les secourt, les encourage, les associe, les constitue en paroisses et en municipalités, demeurant l'arbitre préféré, dans toutes les divisions, pacifiant les querelles, prêchant partout la croisade de la colonisation à outrance, pour l'extension de l'élément français en Amérique, pour la mise en valeur de toutes les activités américaines et européennes sur le terrain agricole du nouveau monde.

Cet hercule, taillé au rabot, qui devise, la pipe à la bouche, en vieux langage normand, semble ne pas connaître d'obstacles. Rien ne l'étonne... pas même les raffinements d'Europe auxquels il n'entend rien. Quand il vint naguère à l'Exposition universelle d'Anvers, un mauvais plaisant le conduisit, sans le prévenir, à un ballet de danseuses :

— Ah! çà, fit-il, après un instant, qu'est-ce qu'elles ont à tourbillonner, ces fillles-là? Une Canadienne en pourrait bien faire autant; mais elle fait mieux, elle nous donne de petits colons. Elles m'étourdissent, celles-ci. Reste là, compère, si cela te va : moi, je vais dire mon rosaire dans l'antichambre!

Parfois ce rustique, de belle humeur et de bel appétit, abandonne ses forêts.

On voit sa soutane râpée dans les corridors du Parlement fédéral à Otawa, ou dans le cabinet des ministres : il vient solliciter ardemment un embranchement de chemin de fer, une route, pour une nouvelle ville qu'il a fondée hier ; il insinue, il raisonne, il tempête... il obtient infailliblement. Un autre jour, on le voit arriver à Montréal, suivi d'un long convoi de bois ; il a dit à ses colons que les pauvres de la grande ville mouraient de froid : les colons ont apporté de bien loin leur offrande.

Ce type de puissance et de caractère vous empoigne, quoi que vous en ayez, il est irrésistible. Nous l'avons suivi à travers le Canada ; sa verve ne l'a pas abandonné un instant, et il nous faut boucher nos oreilles pour éviter d'être trop convaincus, pour échapper aux lots de colonisation qu'il veut attribuer aux plus récalcitrants.

Un pareil homme, ici, est un trésor : ses concitoyens le comprennent.

Le curé Labelle ne sera ni évêque, ni sénateur fédéral, ni député provincial; mais prononcez son nom dans les sept États du Canada, que l'on vous voie dans son sillage, que l'on vous sache son ami, toutes les portes et toutes les mains s'ouvriront à ce nom magique et sacré, que la France doit répéter avec reconnaissance : car le *Roi du Nord* vise surtout à maintenir, à étendre le contingent qui parle notre langue, qui garde notre culte, qui s'enorgueillit de sa filiation française et entend ne la jamais répudier!

V

V

COMME EN FRANCE

Nouvelle-France : la colonie, devenue anglaise, veut conserver son premier nom, avec les souvenirs qu'il évoque !

France ! c'est bien ici la France d'outre-mer, France par choix, France par souvenir, France obstinée, malgré la conquête et malgré sa loyale fidélité, d'aujourd'hui, à la Couronne anglaise.

France par les sentiments, par l'histoire, par l'affection.

Le Canada ne s'affirme pas seulement ainsi par des mots, par les ovations qu'il nous fait; il agit. Le jour où fut connue la déclaration de guerre entre la Prusse et la France, plusieurs centaines de jeunes Canadiens vinrent en masse au Consulat de France, à Québec, demander à notre agent qu'on les transportât en Europe et qu'on leur donnât des fusils pour combattre aux côtés des Français !

Les choses de la France les touchent au cœur; ils sont frappés quand nous le sommes.

Monsieur le Comte de Chambord meurt : les journaux canadiens prennent le deuil et le pleurent comme le fils des anciens rois du Canada !

Le Prince impérial est tué en Afrique : la jeunesse canadienne envoie ses délégués qui apportent une couronne sur le cercueil du jeune héros!

Dans les fêtes, dans les processions, le drapeau français marche le premier, avant même celui de la Souveraine!

Et la langue! Oh! c'est là qu'apparaît surtout cette ténacité fidèle!

Les Canadiens-Français la gardent, l'étendent, l'imposent, au point qu'à cette heure les actes officiels du gouvernement paraissent en français en même temps qu'en anglais!

Bien plus, nos frères d'autrefois n'admettent pas cette intrusion des termes anglais dans le langage français, intrusion que la mère patrie accepte assez complaisamment.

Ainsi, nous disons : un *wagon;* les Canadiens disent : un *char*. Nous disons : un *dollar;* les Canadiens, qui ont la même monnaie que les États-Unis, n'ont pas accepté le mot anglais de leurs voisins; ils disent : une *piastre*.

Nous disons un *square ;* les Canadiens disent : un *carré*.

Nous disons : un *rail;* les Canadiens disent : une *lisse*.

Dans l'ordre des choses religieuses, l'assimilation française est très sensible. Les prêtres portaient tous le rabat français; ils l'ont quitté récemment sur un désir de Rome, mais conservent encore le chapeau tuyau que les prêtres français portaient au commencement du siècle. Ils appellent, comme nous, leurs évêques : « Monseigneur », au lieu d'adopter la formule familière des États-Unis, où le prêtre dit à l'évêque, tout simplement : « Oui, évêque; bonjour, évêque. »

Et, ce qui est beaucoup plus important, plus caractéristique, le clergé tient à l'enseignement en français. Une clameur s'est élevée dans la colonie entière, quand certains évêques d'origine irlandaise ont demandé au concile de Baltimore que l'enseignement de l'Église catholique dans l'Amérique Septentrionale se donnât uniformément en anglais : le Canada s'est cru menacé dans sa chère langue; il a réclamé avec une extrême énergie, et Rome a laissé les choses dans le *statu quo*.

A Québec, le maire est Canadien-Français ; à Montréal, le maire est Canadien-Français ; et quand cette grande et magnifique ville recevait naguère ses volontaires, les héros de la campagne du Nord-Ouest contre les sauvages, c'est un étendard portant une inscription française et l'emblème éminemment catholique du Sacré-Cœur, que les dames de Montréal offraient aux officiers vainqueurs !

C'est qu'ici, catholique et Français c'est tout un : on ne fait aucune différence entre ces deux titres. Assurément, il y a une gauche, une droite, un centre ; il y a des hommes et des journaux qui se combattent, il y a des *libéraux* et des *conservateurs ;* mais tous sont unis dans la tendance française et dans le respect, dans la pratique de la religion paternelle. Ce spectacle surprend et enchante.

Et d'où tout cela vient-il?

De ce que la préservation, l'extension de la nationalité française au Canada est due au clergé.

Quand la colonie fut conquise par l'Angleterre après la plus héroïque résistance, les soixante mille Français abandonnés se refusèrent d'abord, se refusèrent longtemps à reconnaître les autorités anglaises, espérant bientôt nous revoir. Mais que faire, à qui s'adresser, qui réglerait les différends, qui gérerait les intérêts communs? Plus de seigneurs! plus de chefs! Alors la population française se groupa autour des seuls conducteurs qui lui restassent, de ses curés, les faisant ses juges, ses conseillers, ses directeurs. Et le clergé comprit cet héritage, l'accepta résolument, se fit l'appui, l'éducateur français, la tête de l'opposition contre l'oppression des premiers temps.

Puis le siècle a marché ; l'Angleterre a cessé de tyranniser : elle a, au contraire, relâché le lien colonial, au point que les Canadiens, maîtres d'eux-mêmes, n'ont plus, avec la métropole, que des rapports de fidèle et lointaine loyauté. Mais le lien cimenté entre eux et leur clergé, aux jours de l'adversité, ne s'est pas rompu ; ils ont fait une nation unie, forte, respectueuse de son Dieu, mûre pour la liberté, sachant la pratiquer sans en abuser, conciliant sa foi avec un civisme éclairé, raisonné... Et ces soixante mille sont devenus deux millions... Dans dix ans, peut-être, ils dépasseront en nombre les Canadiens-Anglais, que déjà ils débordent de toute part, et qu'ils ont contraints au respect. Cette cohésion, cette force, c'est l'œuvre morale et politique du prêtre français, constituant un peuple français, dans l'ordre, dans la liberté et dans la foi. Je vous assure que cela est bon à voir !

VI

VI

QUÉBEC

L'HISTOIRE — LE CLERGÉ LA LITTÉRATURE

Il y a aujourd'hui trois cent cinquante ans, qu'un hardi marin de Saint-Malo, Jacques Cartier, envoyé par le Roi, pénétrait dans le grand fleuve américain du Nord, qu'il plantait à l'entrée du Saint-Laurent la croix écussonnée des fleurs de lys avec cette inscription : *Franciscus primus, Dei gratia Franco rumrex, regnat.* Mais c'est seulement au commencement du XVIIe siècle que Samuel de Champlain, premier vice-roi, fonda Québec, au milieu des tribus insoumises. En 1615 fut dite la première messe dans la première chapelle; en 1621 fut célébré le premier mariage.

Québec compte aujourd'hui soixante-dix mille habitants. C'est l'ancienne capitale coloniale, qui a conservé l'aspect, les mœurs de la vieille origine française; elle s'étage sur un superbe promontoire, au pied de sa forte citadelle et de la terrasse parquetée qui domine le Saint-Laurent. Ses rues grimpantes, ses boutiques d'ancienne allure provinciale, la bonhomie franche et familière des passants, les clochers petits et grands qui multiplient leurs sonneries régulières dans tous les quartiers, rappellent un autre temps. Le décor, et tous les objets extérieurs, vous ramènent au calme oublié des siècles passés. La ville s'énorgueillit avec raison de ces souvenirs anciens. Les maisons rajeunies conservent leurs vieilles et naïves enseignes : celle du *Chien d'or* est restaurée artistement sur les bâtiments reconstruits de la Poste. L'agitation moderne n'a pas envahi cet asile respecté des coutumes antiques, des traditions paisibles, courtoises et littéraires.

Le Patriotisme, la Religion, les Lettres, voilà trois termes qui résument le passé et le présent de Québec. Le cœur de la vieille cité, que pavoisent sur notre passage les couleurs françaises, palpite à la citadelle, à la cathédrale, à l'université.

La citadelle, hissée sur un magnifique piédestal, comme la reine du fleuve-géant, est gardée à cette heure par quelques miliciens volontaires; mais elle fut, en 1759, le rempart de la pauvre colonie envahie par les forces anglaises, abandonnée par la mère patrie, et luttant toute seule pendant six ans avec une énergie désespérée pour demeurer française! Québec vit ses murailles défendues par ses citoyens, de douze ans à quatre-vingts ans, tous armés et debout pour le combat suprême, après avoir coulé leurs vaisseaux, pour fermer l'entrée du port! Les Français étaient cinq ou six mille; les Anglais étaient trente mille; les Français résistèrent trois mois! Enfin, le général anglais Wolfe, qui commandait à trente-six ans l'armée assiégeante, parvient à tromper les sentinelles, débarque au pied des falaises, les escalade et range ses troupes dans la plaine qui domine le Saint-Laurent. Les Français ne les attendent pas derrière leurs remparts, ils se précipitent, le marquis de Montcalm à leur tête, et la tuerie commence, formidable, héroïque. Wolfe est frappé à mort; mais, presque en même temps, le marquis de Montcalm est rapporté mourant; il expire chrétiennement, dans l'éclat de la plus glorieuse défaite, sauvant du moins l'honneur, au milieu du naufrage de la colonie.

Quand j'ai été saluer la tombe du héros :

— Monsieur, m'ont dit les Ursulines qui

la gardent, le général de Charette vous a précédé ici. Devant cette pierre, il était ému comme vous, comme le sont tous nos frères de France !

Le vieux drapeau de Montcalm, qu'ont jauni les années, est conservé avec une sorte de piété filiale par les Canadiens ; il a sa place, la première, dans les cortèges officiels, son escorte composée de zouaves pontificaux ; et c'est le bâtonnier des avocats de Québec, qui a l'honneur de l'abriter sous son toit.

L'Église diocésaine de Québec, aïeule féconde, aujourd'hui démembrée en soixante diocèses qui fleurissent dans l'Amérique du Nord, a été fondée et cimentée dans le sang des missionnaires dès la naissance de la colonie. Mais son premier évêque fut désigné il y a deux cents ans par Louis XIV, au choix de Clément X. Il a laissé dans la mémoire de son peuple une mémoire vénérée. Le Canada espère placer un jour officiellement sur ses autels l'image de ce noble et saint prélat, allié à la Maison royale de France, et fils des premiers barons chrétiens : François de Montmorency-Laval.

Son quinzième successeur, Sa Grâce Mgr Taschereau, a honoré du plus bienveillant accueil les visiteurs de France, qui ont admiré les splendeurs de sa basilique, datant des Français; plus encore, l'assistance immense, recueillie, pieuse, dont ils l'ont vue remplie.

La religion des Canadiens est profonde et sincère. Elle s'unit à tous leurs autres sentiments; elle est surtout inséparable de leur amour pour la France qui les a dotés de sa foi; elle a imprégné de son esprit leur législation vraiment libérale; elle inspire la vie privée et la vie publique.

Il n'y a là-bas aucun budget des cultes. Le curé perçoit la dîme, le plus souvent en nature, c'est-à-dire une portion du grain récolté. Chacun lui doit un boisseau sur vingt-six : l'obligation est précise et sanctionnée par la loi.

Attendez, avant de bondir; et ne croyez pas que cette dette de tous attente, en quoi que ce soit, à la liberté! Je pourrais vous dire, tout d'abord, qu'en somme cette dépense privée du salaire ecclésiastique soulage d'autant la dépense publique, puisée aux mêmes bourses; je pourrais vous dire qu'en fait cette dette est chère et sacrée pour chacun, que le débiteur la paye avec joie, qu'il choisit pour son curé le plus pur de son froment ; qu'il excède ordinairement la mesure, et que, par suite, la sanction légale n'est jamais exercée. Mais pour vous rassurer au sujet de la liberté qui demeure à chacun, j'ajouterai surtout que les catholiques seuls sont tenus à l'obligation; pour s'en dispenser, il leur suffit de faire connaître, en forme officielle mais fort simple, qu'ils cessent d'être catholiques : ainsi la dépense du culte est supportée seulement par ceux qu'elle intéresse.

De plus, à la dîme correspond, non seulement la charge du culte incombant au clergé, mais encore une partie de la charge des familles, savoir l'entretien et l'éducation du vingt-cinquième enfant : or le cas se présente, dans ces contrées patriarcales où la race française ne s'étend pas par l'immigration étrangère, mais doit tout son développement à la multiplication intérieure. Je dois dire que loin de redouter les chances de cette charge spéciale, le clergé, dans son patriotisme français, l'appelle sans cesse de ses vœux et de ses conseils : j'ai entendu les prêtres insister surtout dans leurs discours sur le devoir de la fécondité à outrance !

C'est un contrat semblable d'équitable

réciprocité qui a dicté l'exemption des taxes accordée aux biens des corporations religieuses. Correspondant à ce privilège exceptionnel, la charge d'un service exceptionnel s'impose au clergé qui l'a toujours largement remplie, la charge de l'assistance publique. Il a créé et il entretient les établissements de bienfaisance, les hospices, les hôpitaux, les asiles de tout genre, et les écoles gratuites. C'est dire qu'il paye au centuple son impôt!

Une vie religieuse si intense devait se manifester spécialement par le dévouement au Saint-Siège : le Canada français a donc fourni de nombreuses recrues à l'armée romaine. Les anciens zouaves pontificaux, de toute condition, sont honorés ici d'une estime générale; le pays se montre fier de ces soldats chrétiens, qui forment entre eux une société établie, subdivisée en sections, et appelée, du nom du premier colonel : l'*Union Allet*. On me permettra de dire l'émotion profonde que j'ai éprouvée, lorsque la section de Québec, apprenant mon passage, est venue saluer en corps un simple zouave pontifical de France, et confondre avec les miens ses souvenirs d'autrefois : nos mains unies dans une même pensée me symbolisaient la fraternité des vieux continents et de la jeune Amérique dans la foi une, dans l'amour du même père qui est à Rome!

La jeune Université de Québec, le

centre intellectuel du Canada, porte le nom du premier évêque de la Nouvelle-France : Université-Laval; elle a été fondée il y a trente-cinq ans : les membres du conseil d'administration, six prêtres et six laïques, sont choisis parmi les professeurs ; elle comprend l'enseignement complet des quatre facultés : elle est libre, et ne touche aucune subvention de l'État. Ses constructions monumentales, qui dominent à pic le cours du Saint-Laurent, sont l'orgueil de Québec. Nous avons passé de longues heures dans ses musées où tous les animaux et tous les minéraux de l'Amérique Septentrionale forment une collection renommée ; dans sa magnifique bibliothèque, où quatre-vingt mille volumes racontent l'histoire et les productions du nouveau monde. L'art y a sa place, avec de bons tableaux de l'ancienne école française.

Sans abdiquer jamais les droits inflexibles de la vérité, et sans dévier d'une rigoureuse orthodoxie, l'Université Laval a ouvert ses portes avec une large tolérance. Nous avons trouvé dans ses chaires des professeurs protestants, et même tel maître que ses tendances politiques eussent pu séparer d'elle : car elle respecte, dans leur sphère propre, la science ouverte, avec la raison libre.

Cette institution modèle n'a pas seulement formé les prêtres, les médecins, les avocats qui honorent le Canada français;

on doit et on devra à l'Université Laval l'efflorescence de la production littéraire.

Elle est touffue comme les moissons pressées d'un sol vierge, cette production canadienne, et l'on s'étonne qu'un si jeune peuple ait déjà tant écrit ! On noircit le papier sans se contraindre : le papier ne paye pas d'impôt !

Ainsi, sans parler des feuilles éphémères qu'un mois, une semaine, un matin ont vu naître et mourir, telles que les *Débats*, le *Figaro*, le *Temps*, la presse périodique canadienne française est représentée, à Québec seulement, par le *Canadien*, l'*Événement*, le *Journal de Québec*, le *Courrier du Canada*, le *Nouvelliste*, l'*Électeur*, la *Vérité*, la *Nouvelle France*, et plusieurs autres journaux. Les visiteurs français seraient bien ingrats s'ils ne rendaient un légitime hommage au talent des journalistes qui leur ont fait un si fraternel accueil !

Les œuvres plus mûries abondent, aussi bien que celles de la presse quotidienne, et bien des noms sont déjà célèbres. Garneau et Ferland ont magistralement buriné l'histoire de la patrie canadienne. Fréchette, qui a ému tous les cœurs en nous déclamant ses vers, est venu moissonner ses lauriers jusque sur le Parnasse de l'Académie française. Sulte et Routhier, le magistrat prosateur et poète, ont chanté dans leurs douces harmonies les beautés du Saint-Laurent. Gaspé a raconté, avec une naïveté charmante, les légendes de l'origine coloniale. Mermette a exploité les aventures romanesques. Dünn et Tassé ont écrit de solides études sur leur pays, ainsi que Chauveau, l'ardent et érudit patriote, aussi bon à entendre qu'à lire. Faucher de Saint-Maurice, ce sympathique officier, qui a combattu au Mexique sous nos drapeaux, tient la plume aussi brillamment que l'épée; ses nouvelles, où ses sentiments pour la Nouvelle-France se confondent ardemment avec son amour pour la vieille France, sont simples et gaies, d'un style vif et d'un entrain gaulois : son encre vient certainement de Paris.

Comment dire adieu à l'ancienne capi

tale, sans saluer tous ses citoyens qui nous ont si cordialement fêtés.

A citer, notamment, le banquet superbe qui a eu lieu dans l'île d'Orléans. l'une des émeraudes du Saint-Laurent. La salle du festin, plantée presque sur le fleuve, était décorée de drapeaux et d'inscriptions; le menu comptait *quarante-deux* plats; le maire de Québec présidait, et a porté les *loyal toasts* à la Reine, au gouverneur général, au gouverneur provincial, à la France, puis aux hôtes du Canada, au milieu d'explosions répétées d'enthousiasme.

Un orateur a parlé au nom de la presse canadienne, évoquant, au milieu d'une véritable tempête de bravos, le souvenir des services militaires rendus à la France par des Canadiens, depuis un siècle.

La musique militaire jouait sous les fenêtres.

Le repas ne s'est terminé qu'à minuit : les vapeurs qui nous ont ramenés à la ville, par une nuit superbe, ont été le théâtre d'un bal improvisé et fort animé. Réception magnifique de tout point, et dont la cordialité, le cadre, l'éclat, laisseront grand souvenir.

Nous n'oublierons jamais les autorités provinciales et municipales : Son Honneur le maire Langellier, MM. les échevins ; les dames de Québec, si gracieusement hospitalières ; les très honorables Tallion et Blanchet et les autres membres du Cabinet ; les sénateurs du Conseil législatif, les députés à la Chambre des communes ; l'aimable consul général de France, marquis de Monclar, avec son chancelier, M. Duchâtel ; ni spécialement, Son Excellence le gouverneur provincial, M. Masson, dont la bonté si empressée nous a vivement touchés, dont la belle demeure au milieu des grandes futaies sur les hauts coteaux du Saint-Laurent nous a été si largement ouverte.

Tous ces inconnus d'hier se sont faits nôtres sans cesse, sans réserve; et je dois avouer que nous ne les avons pas ménagés : non seulement nous voulions tout voir, mais nous voulions tout savoir, et notre curiosité sans cesse en éveil sur tous les points, notre mobilité française courant d'un sujet à l'autre eussent déconcerté des complaisances moins inépuisables. J'ai souvent entendu dans nos excursions, dans nos rencontres, dans nos pantagruéliques banquets, se croiser au même moment vingt questions disparates :

— Quel est précisément chez vous le caractère de l'opposition parlementaire?

— Comment fait-on cette excellente confiture de bluets? et ce sucre d'érable ?

— Quel est le montant du budget fédéral?

— Est-ce que les mariées se mettent en blanc?

— Vous applaudissez-vous d'avoir

adopté si rigoureusement la protection douanière ?

On satisfaisait à tout et à tous, avec bonne grâce et empressement, sans jamais paraître importuné de nos fusées divergentes, nous traitant en amis..., que nous sommes devenus et que nous resterons !

VII

VII

MONTRÉAL

Si Québec a conservé son aspect calme et reposé de vieille capitale coloniale, Montréal, ville de deux cent mille âmes, métropole commerciale de l'Amérique française, ressemble, avec ses larges rues coupées à angle droit, son agitation, ses réseaux électriques, télégraphiques et téléphoniques, qui l'enveloppent comme une toile d'araignée, ressemble plutôt aux nouvelles cités des États-Unis. Le mouvement des affaires y est si considérable que sa Banque est, par l'importance, la troisième de l'univers, après celles de Paris et d'Amsterdam. On a appelé Montréal « la rivale de New-York ». La comparaison entre ces deux villes a été faite, un peu dédaigneusement, par lord Dufferin, l'un des derniers gouverneurs généraux, qui aimait la paix majestueuse de Québec et qui appelait New-York « un Montréal en pis », *Montreal agravated.*

Les Français ont été reçus à Montréal avec un enthousiasme exubérant. Vingt mille personnes ont accueilli notre arrivée par leurs acclamations. Un feu d'artifice a été tiré, dont la pièce principale faisait étinceler ces mots : Vive la France! Une réception officielle nous a été faite à l'Hôtel de Ville. La vaste salle municiple était bondée, ainsi que les tribunes, de femmes en toilette de soirée et de tous les plus notables citoyens. Au fond, sous un dais, un trône élevé. Son Honneur le maire, M. Beaugrand, y prend place, vêtu d'une longue robe écarlate fourrée de marte; il est décoré d'un large collier d'or ouvragé, qui constitue son insigne. Assis sur les marches du trône, les greffiers en robe de soie noire; au-devant, formant demi-cercle, les sièges et les bureaux des échevins. On nous introduit au milieu d'applaudissements frénétiques. Le maire nous lit les chaleureuses félicitations de sa ville. Un échevin demande ensuite la parole et propose au conseil d'inscrire les félicitations de Son Honneur au Livre de Ville. Les échevins votent gravement. Puis la séance est levée et se transforme en réunion mondaine qu'embellissent des chœurs d'homme en costume de Guillaume Tell !

Un long cortège de voitures nous a conduits au Mont-Royal, beau parc municipal, situé sur les hauteurs, et dont les terrasses dominent le large fleuve couvert de vaisseaux, le gigantesque pont Victoria, les usines fumantes, les palais, les villas, les grands hôtels et les clochers sans nombre de l'ancienne Ville-Marie. Le hasard a voulu que, de cet observatoire, nous eussions soudain le spectacle d'un vaste incendie en ville. Nous vîmes à l'œuvre, pour tout de bon, les pompiers qui avaient précédemment fait devant nous la parade officielle. Leur arrivée presque immédiate sur le lieu du sinistre, le jeu de leurs puissants appareils, leur lutte si précise et si brève contre le fléau, semblaient la suite du gala commandé ; beaucoup même le prirent ainsi. Il faut que le service d'incendie ait cette activité spéciale en Amérique, où le bois est encore très employé dans les constructions, où le feu menace constamment : chaque chambre possède sa petite échelle de corde enroulée près de la fenêtre, et partout sont suspendues à portée de la main de petites bombes de verre contenant un liquide extincteur.

La municipalité et les particuliers ont multiplié pour nous les lunch sur l'herbe, les réceptions dans les jardins illuminés, les festins servis par des jeunes filles aux trois couleurs.

La presse de Montréal a fêté spécialement les écrivains français et leur a offert une cordiale hospitalité, exhalant dans des toasts fraternels les joies de la rencontre avec la presse d'outre-mer. La *Minerve*, l'*Étendard*, le *Monde*, la *Presse*, le *Globe*, la *Patrie*, la *Semaine religieuse*, avec bien d'autres publications, parlent notre langue, et entretiennent ardemment le culte de la France.

Il nous semble retrouver à Montréal, au milieu de ce joyeux et sympathique tourbillon, l'écho des traditions riantes et hospitalières que la France mondaine avait portées là-bas, et dont le grand historien du Canada a mentionné l'insoucieuse persistance jusqu'à la veille même des héroïques combats contre le conquérant :

« Là-bas, venant des monts Alleghanys,
« s'avance un grand nuage sombre : ce
« n'est rien, répondent les violons, c'est
« le brouillard des lacs, que va dissiper le
« soleil du printemps! »

Montréal a conservé cet entrain d'autrefois. La pruderie protestante de ses voisins des États-Unis ne l'a pas attristée. Ses dimanches, très religieusement observés, n'ont point l'allure morose et compassée des dimanches yankees. Le peuple sait rire. Les trains de banlieue abaissent leurs tarifs le dimanche et ressemblent singulièrement par leur animation aux trains analogues des environs de Paris.

Le théâtre est intermittent, mais très suivi, quand paraissent surtout les artistes de France. Des trains de plaisir amenèrent à Montréal une foule immense quand furent annoncés Capoul et Théo. Pour Sarah Bernhardt, ce fut du délire. Une délégation l'alla recevoir à la frontière des États-Unis, et quand elle parut sur la scène au milieu des applaudissements, une immense couronne, telle que la tragédienne ne put la soulever, descendit des cintres à ses pieds. Sarah Bernhardt détacha la rosette tricolore piquée au milieu des roses et la fixa sur son corsage. Alors les trois mille spectateurs se levèrent, acclamant à la fois l'artiste et la France.

On nous a fait remarquer que l'Alboni est une Canadienne-Française; elle se nommait à Montréal Emma Lajeunesse.

Le *Saint-James club* et les autres cercles sont élégants et agréables; ils nous ont accueillis avec une courtoisie empressée et nous ont même inscrits sur la liste de leurs membres. Les gaies sociétés de *trappeurs*, organisées en vue des différents sports, nous ont également honorés de leurs insignes.

Le monde diffère du nôtre, en ce que les corsages y sont plus montants et la valse moins générale; mais les plaisirs locaux que ramène l'hiver sont très suivis. Des milliers d'Yankees passent annuellement la frontière pour admirer le Carnaval de Montréal; les ébats joyeux des patineurs et des traîneaux sur la surface gelée du Saint-Laurent, où la glace est assez solide pour porter un chemin de fer; l'exhibition des riches fourrures; les glissades folles dans un plateau d'écorce qui vous emporte, trois ou quatre à la fois, sur une pente vertigineuse; les courses sur la neige à l'aide de longues et larges raquettes assujetties à la chaussure; et l'éphémère palais de glace étincelante, où les fêtes costumées prennent, à la clarté des illuminations, le plus féérique aspect.

Cette impression riante que laisse Montréal se retrouve presque dans ses cimetières. Pittoresquement situés, ils semblent faire partie de la grande promenade municipale. Pas d'enclos sévères, carrément enveloppés de grands murs tristes : les monuments funéraires, fleuris et gracieux, sont épars au milieu des hautes futaies, sur la pente valonnée du Mont-Royal. On a quelque peine à recueillir ses esprits dans ces jolies allées tournantes où l'image de la Mort dépouille son austérité. Montréal assurément n'oublie pas ses défunts : car toutes les sépultures sont très soignées. Mais il n'affectionne pas spécialement les marques du deuil. Ainsi un avis placardé rappelle aux cochers qu'en sortant du cimetière pour entrer dans le bois de plaisance, ils doivent dépouiller aussitôt le long crêpe des enterrements.

Mais Montréal se prévaut d'autres titres que de son joyeux renom.

Montréal croit et prie.

Son aimable évêque, Mgr Fabre, frère de M. Fabre, commissaire canadien à Paris, voit prospérer sous sa houlette un diocèse riche en mérites.

La Ville a offert au Saint-Siège de nombreux zouaves pontificaux, que leur frère de France a rencontrés avec bonheur : plusieurs dans les grands emplois de la magistrature et de la banque.

Les établissements scolaires et charitables ont pris un développement magnifique.

Le collège des Jésuites, où les protestants eux-mêmes amènent leurs enfants, le colossal monastère enseignant de Ville-Marie, merveille d'architecture et d'immensité, l'Hôtel-Dieu, cent autres institutions de ce genre devraient arrêter l'attention.

Mais il en est un qui mérite une mention toute spéciale : Saint-Sulpice!

La Société de Saint-Sulpice, ce n'est pas seulement ici une bienfaitrice comme elle l'est partout : c'est la fondatrice de Montréal! Ce sont les enfants de M. Olier, envoyés par lui-même, de son lit de mort, pour évangéliser les Iroquois et les colons, qui ont semé le germe et arrosé la plante. C'est à eux que le grand arbre, la ville florissante d'aujourd'hui, doit sa vie et sa fortune.

Propriétaires et seigneurs du sol, premiers curés sédentaires de Montréal, ils attirèrent les colons de France, les établirent, les assistèrent de leurs magnifiques libéralités, et surent mourir à leur tête lors des invasions sauvages. Ce sont eux qui ont dessiné la ville de 1672, concédant les terrains le long des nouvelles rues, stimulant les concessionnaires, les obligeant à construire sans délai, et édifiant eux-mêmes une première église paroissiale de Notre-Dame. Ils la réédifiaient naguères avec une telle splendeur, que, pour la surpasser, la cathédrale en construction a dû se modeler... sur Saint-

Pierre de Rome! Ils ont doté la ville d'un florissant séminaire, d'un collège classique immense, de toutes les institutions, de toutes les œuvres qui assurent la vitalité matérielle et morale d'une grande cité.

Ils ont songé même à la distraction ; et leur cercle de jeunes gens, organisé par le zèle de l'abbé Hamon, pourvu d'une grande salle de spectacle, a vivement intéressé le visiteur de France qu'y ont fêté de si chaleureuses, de si éloquentes sympathies.

La conquête anglaise n'a pu entraver l'action catholique et française des Sulpiciens. Notre culte est encore à Montréal celui de la majorité : les protestants lui rendent hommage et pavoisent volontaiment leurs façades sur le passage du Saint-Sacrement. Notre langue se parle officiellement. Le très honorable shériff, en toge de velours violet, M. Chauveau, rend surtout des ordonnances françaises; et j'ai entendu, au palais de Justice, les dépositions et les plaidoiries, commencées en langue anglaise, s'achever inopinément en langue française. Enfin la ville compte quarante-cinq écoles : trente sont catholiques-françaises!

Ainsi Montréal, en dépit de l'invasion, Montréal, devenant la cité reine du Nord, est, grâce à Dieu, demeurée fidèle à l'esprit de son origine, à la foi et à la nationalité de Saint-Sulpice!

VIII

VIII

LA NATURE — LES SAUVAGES — RIEL

Il est peu de pays plus largement dotés que le vaste Canada, au point de vue des sites grandioses et des émouvants aspects qui frappent et qui séduisent.

Son fleuve, le plus large du monde, le Saint-Laurent, enchâsse dans ses eaux mille émeraudes, vertes îles aux riants bocages. La délégation française a sillonné, depuis le lac Ontario jusqu'au golfe Saint-Laurent, la longue nappe argentée. La Compagnie Richelieu nous a gracieusement offert l'hospitalité de ses magnifiques vapeurs, qui dressent au-dessus des eaux trois et quatre étages de salons ou de cabines et qu'éclaire l'électricité; masses imposantes, si instantanément dociles au gouvernail, qu'elles peuvent affronter victorieusement les *rapides.*

Ces barrages naturels soulèvent une frange bouillonnante hérissée de pointes rocheuses; et ce n'est pas sans émotion que les passagers, réunis sur les terrasses de leur vaisseau-colosse, approchent à toute vapeur de ces dangereux obstacles. Un grand silence se fait à bord, sans qu'il soit besoin de le commander : on n'entend que les brèves et nettes indications du pilote et le grincement de la roue centrale qui, obéissant à ses ordres sous l'impulsion de deux matelots, dirige au loin le mécanisme du gouvernail. Soudain voici l'avant engagé entre les récifs : l'hélice s'arrête : le courant entraîne le vaisseau; celui-ci se cabre verticalement au-dessus d'un affaissement propice échancrant la chaîne de rochers; il passe entre les crocs qui retiennent encore quelque épave du dernier naufrage; puis, par un saut formidable, la masse est projetée en avant, sur une pente vertigineuse. Tout cela dure quelques secondes : la barre est franchie; le vapeur reprend sa paisible assiette et sa course majestueuse, tandis qu'éclatent et se répètent les applaudissements des hôtes émerveillés. Vingt lieues plus loin, jusqu'à la porte de Montréal, c'est-à-dire jusqu'au pont Victoria, le seul qui traverse le Saint-Laurent, et le plus grand que l'homme ait encore construit, ils retrouveront les mêmes hardiesses, la même habileté, les mêmes émotions devant le grandiose spectacle des *rapides*.

Plus bas, le fleuve se creuse comme une mer ; il forme au pied des terrasses de Québec un vaste port naturel, où a facilement évolué en son temps le *Great-Eastern*, et où nous avons eu le bonheur de saluer la patrie, de rencontrer sur la *Flore* et le *Bouvet* l'hospitalité, les fanfares, les vrais gentilshommes de la chère marine française.

Au delà, le Saint-Laurent s'élargit encore et reçoit le magnifique tribut du Saut-Montmorency, c'est-à-dire d'une cascade prodigieuse, qui, vomie par la montagne, déchire le roc, avec de puissantes clameurs.

Puis, le long du fleuve, les stations de plaisance, affectionnées par les Canadiennes : l'ile d'Orléans, la Malbaie, la Rivière-du-Loup, que nous avons vues si charmantes le jour, si charmantes la nuit, sous la clarté dorée des aurores boréales.

Enfin, avant de déboucher dans son large golfe, le Saint-Laurent voit arriver à lui les eaux du Saguenay. Cette rivière est assurément l'une des plus pittoresques merveilles qui se puissent imaginer. L'Amérique lui a fait une célébrité que nous avons trouvée juste. Figurez-vous un plateau élevé : dans son sol de granit, une déchirure nette, où serpente, entre deux profondes murailles abruptes et parallèles, un courant sombre, qui se resserre en étroits passages ou bien s'étale en baies encaissées : c'est le lit du Saguenay, que bordent à pic d'immenses rochers lisses, frôlés par les vapeurs aventureux. Dans leur sévère majesté, ces parois de granit, que nous avons longées vingt-quatre heures, parlent aux plus insouciants : une muette admiration s'impose à la bande la plus rieuse devant le cap Éternité ou le cap Trinité ; l'effet nouveau de ce fantastique décor se grave pour jamais dans l'imagination.

Le Saguenay se jette dans le Saint-Laurent, non loin de son embouchure ; mais à la source du même Saint-Laurent, quelle autre gigantesque merveille ! La chute du Niagara, ce puissant nuage qui sépare les États-Unis et le Canada ! On n'ose plus vanter un spectacle qui a épuisé l'admiration de l'univers. Si l'on me permettait une simple opinion, je conseillerais au voyageur de se placer, pour apprécier toute la grandeur de la scène, sur la rive canadienne : c'est de là que se présentent dans leur ensemble les deux bras du Niagara, à peine séparés par l'île internationale. Son sol lui manque tout à coup, il se précipite dans l'abîme de toute sa largeur, et soulève, en rebondissant, une trombe d'écume qui flamboie sans cesse des clartés de l'arc-en-ciel, et qui arrose au loin les rives de sa poussière irisée. Au contraire, pour approcher le monstre et pour pénétrer dans sa gueule, il est préférable de traverser, sur le pont suspendu, le fleuve redevenu paisible à un kilomètre de sa grande convulsion, d'aller sur la rive yankee, pour revêtir un costume de caoutchouc et affronter, avec un guide vigoureux, l'excursion quasi périlleuse au pied de la chute même, entre deux surfaces verticales presque contiguës : le mur de rocher et la nappe qui tombe. Sautant alors de pierre en pierre, ou glissant sur quelques planches, assourdi par le grondement de la cataracte, aveuglé par l'eau qui le fouette, l'explorateur regretterait sa peine et ses dollars, si des accalmies ne lui permettaient d'admirer la nappe épaisse de cristal qui roule en voûte au-dessus de sa tête, et qui, tombant à ses côtés, l'enveloppe de ses plis mouvants comme un gigantesque manteau d'azur. Ce que je lui conseillerai surtout, c'est de séjourner quelque temps dans l'un des hôtels qui couvrent les deux rives, et de contempler les chutes longuement, à plusieurs reprises, le matin, le soir, la nuit. Les grands phénomènes de la nature, comme les œuvres suprêmes du génie artistique, ne se manifestent pas dès le premier moment dans toute leur ampleur; et le sentiment des proportions extraordinaires ne s'empare pas immédiatement du spectateur.

Avec ses grandes eaux, le Canada présente d'immenses forêts, qui entourent ses cultures, et reculent chaque jour devant les progrès de la charrue. Ces forêts, où l'on chasse le cerf-caribou, le castor, les animaux à fourrures, surtout dans les environs de la baie d'Hudson, dorment six mois d'hiver sous leur uniforme manteau de neige; mais leur aspect d'été, au moins dans les parties explorées que nous avons parcourues cent lieues durant, est des plus bizarres. Les colons, pour défricher leurs lots, concédés presque gratuitement, et qu'ils comptent utiliser un jour, y ont mis le feu par avance ; en sorte que les grands troncs calcinés se dressent aujourd'hui sans nombre, comme des spectres noirs, tordus, fantastiques, tandis qu'à leurs pieds, la jeune végétation forestière, reprenant son essor, répare vigoureusement les destructions de l'incendie, et semble défier l'homme; pour en triompher, il devra recourir encore au feu !

Et les premiers habitants de ces solitudes, les Sauvages, Hurons, Mic-Mac, Pieds-Noirs, Sioux?

Ils existent encore.

Sans doute leur pays a bien changer! On a beaucoup ri là-bas d'une Parisienne qui demandait naguère à une charmante Canadienne, Mme F..., de vouloir bien lui montrer *son costume à plumes*. Nous sommes bien loin des temps primitifs où les missionnaires de la Nouvelle-France mettaient des vers luisants dans la veilleuse du Saint-Sacrement pour remplacer l'huile inconnue; où l'écorce du bouleau remplaçait le papier absent. Les Canadiens sont vêtus comme vous et moi, vivent comme leurs aïeux d'Europe. Mais les autochtones n'ont pas disparu.

Quelques-uns, vestiges abâtardis des belliqueux Peaux-Rouges, vivent auprès de Québec, à la Jeune-Lorette, aux portes de Montréal, ou dans le voisinage des stations de plaisance, conservant leur type spécial, aux pommettes saillantes, au teint brique, aux cheveux crêpus, fabriquant des canots d'écorce et tressant des paniers de copeaux; ils accueillent volontiers les visiteurs généreux dans leurs maisons ou dans leurs whighams d'écorce, et leur vendent de menus objets; ils sont chrétiens et très familiarisés avec les blancs. Dans la province de Nouvelle-Écosse, l'un des nôtres s'amusa un jour à captiver ces naturels en jouant du violon, pendant qu'un autre photographiait leurs groupes caractéristiques.

Mais d'autres, en grand nombre, ont reculé devant la civilisation, jusque dans les déserts du Grand-Ouest, où ils conservent, quoique en partie chrétiens, et même établis par le gouvernement dans des concessions agricoles appelées *réserves*, leur invincible instinct de rapine et de cruauté.

Faisant cause commune avec les populations métisses plus ou moins croisées par le sang des anciens trappeurs européens ils ont, au printemps dernier, cruellement rappelé leur existence par un soulèvement meurtrier, sous le commandement d'un métis illuminé, Louis Riel.

L'opinion publique était si chaleureusement occupée de Riel, que j'ai désiré spécialement m'instruire à son sujet. J'ai interrogé ceux qui l'ont connu, ceux qui l'excusent et ceux qui le condamnent, ceux surtout qui viennent de le combattre les armes à la main; et parmi eux, tout d'abord, le général Middleton, le vainqueur de Riel.

Le commandant en chef des forces canadiennes, que la Reine vient d'anoblir et auquel le Parlement canadien vient de décerner une dotation de vingt-cinq mille piastres, habite près d'Ottawa, la capitale fédérale, un cottage, où la gracieuse hospitalité de lady Middleton et les souvenirs militaires, si neufs, si palpitants, de son mari, m'ont fait trouver le temps bien court.

Riel est un métis, un fils de cette race croisée qui réunit l'énergie des vieux trappeurs blancs et les instincts retors des tribus sauvages. Il est né dans ces vastes territoires où la Compagnie de la baie d'Hudson a exercé, jusqu'à ces derniers temps, une souveraineté indépendante avec le monopole de la traite des fourrures. Le chef des missionnaires de la contrée, Mgr Taché, le grand archevêque colonisateur de l'Ouest, remarque l'intelligence, les aptitudes du jeune métis, et l'envoie chez les blancs, au grand collège de Montréal, tenu par les Sulpiciens, qui prennent généreusement l'élève à leur charge. Riel retourne dans ses plaines avec une instruction moyenne. Aujourd'hui, il aurait quarante et un ans. Au cours de sa vie aventureuse, il s'est marié ; il a eu deux enfants. Son élocution était abondante, son imagination riche ; sa physionomie ne s'éloignait pas très sensiblement du type des blancs.

Dans le passé déjà, il a occupé l'attention.

Ambitieux, exerçant sur les naïfs et ignorants métis un ascendant facile, il voulut se créer un pouvoir indépendant, mettre à profit les circonstances locales qui ont marqué l'année 1870. La Confédération canadienne se complétait à cette époque par l'adjonction des territoires du Nord-Ouest, qu'elle achetait à la Compagnie de la baie d'Hudson. Riel persuada aux métis, surtout aux métis français, que cette cession leur causait préjudice, portait atteinte à leurs propriétés privées. Il souleva le pays, s'empara du Fort, chef-lieu des anciennes possessions de la Compagnie d'Hudson, et s'en déclara le maître indépendant.

On lui doit cette justice, qu'il sut alors repousser l'alliance des tribus sauvages, agitées par cette révolution, et éviter ainsi une conflagration qui eût mis en péril une grande partie du Canada.

Pour apaiser les rebelles, la colonie recourut aux bons offices de Mgr Taché. L'archevêque prenait alors part au concile du Vatican; il rentra précipitamment dans son diocèse, et proposa aux métis un accord dont les bases avaient été acceptées par le gouvernement canadien. On promettait amnistie à Riel et à tous les siens; on attribuait à chacun d'eux, à chacun de leurs enfants, deux cent cinquante arpents de terre arable; on statuait que la nouvelle province canadienne aurait, comme toutes les autres, son libre gouvernement élu. Riel sortait donc de son aventure avec les honneurs de la guerre. Les résultats obtenus lui avaient même concilié certaines sympathies, surtout parmi les Canadiens-Français.

Malheureusement, on apprit soudain que le chef des métis venait, dans l'intervalle des négociations, de souiller sa cause par un crime abominable, en faisant exécuter à froid un chef canadien, son prisonnier, un Anglais d'origine.

Dès lors, l'amnistie fut rapportée; le

général Wolseley marcha contre les métis, qui se dispersèrent; le pays se constitua régulièrement, et Riel, dont la tête était mise à prix, s'enfuit aux États-Unis, où la charité des Pères Jésuites vint à son aide : ils lui confièrent un emploi dans une institution agricole.

Plus tard, les métis l'élirent pour leur député au Parlement. Cette bravade ne fut pas prise au sérieux. Mais on apprit un jour avec surprise que l'exilé, déjouant toute surveillance et surtout l'amère rancune des Canadiens-Anglais, avait audacieusement paru à Ottawa, devant le greffier de la Chambre, pour se faire régulièrement inscrire sur les registres du Parlement. On le chercha aussitôt ; mais il rencontra, chez beaucoup, des complicités indulgentes et put échapper aux poursuites.

Nous arrivons à l'insurrection présente.

Au printemps de cette année, Riel reparaît au milieu des métis du Nord-Ouest, irrite des mécontentements locaux, exploite les jalousies, détermine une rébellion armée.

En vain, le clergé rappelle au devoir les esprits excités; en vain, Mgr Taché exhorte son ancien pupille; en vain, Mgr Grandin, évêque de Saint-Albert, parcourt son diocèse et tente d'apaiser Riel. Celui-ci, pour combattre les conseils de religion et de paix, se fait pontife et prophète, invente un culte nouveau, un *Credo* éclectique, enseignant qu'il faut deux papes, l'un pour l'Europe, l'autre pour l'Amérique, et détachant ses concitoyens de leurs prêtres.

Un des hommes les plus influents du Nord-Ouest vient négocier avec Riel. Celui-ci, pour rentrer dans l'ordre, exige trente mille piastres. Le négociateur estime qu'on en eût même accepté cinq mille. Mais le gouvernement ne peut entrer dans cette voie; il arme ses milices.

Cette fois, Riel fait appel aux tribus sauvages, les joint à ses métis, et déchaîne tous les appétits contre les possessions des blancs. Les mois de mars et d'avril ont été signalés par le meurtre de deux missionnaires Oblats, les Pères Fafard et Marchand ; par le massacre des garnisons espacées dans les fortins de l'Ouest.

Les Peaux-Rouges, exaltés par leurs premières tueries du Lac-aux-Grenouilles, poussent partout le cri de guerre ; leurs chefs, Gros-Ours, Poundmaker, Oiseau-Jaune, Oiseau-Roi, Esprit-Voyageur, se mettent en campagne ; la rébellion gagne de proche en proche : trente mille bêtes fauves vont s'élancer de toute part contre les colons éperdus.

C'est dans ces circonstances que le général Middleton et ses quatre mille volontaires atteignent à marches forcées, sous des pluies battantes, les prairies du

Grand-Ouest, circonscrivant avec énergie le territoire de la révolte.

— Si nous étions arrivés cinq jours plus tard, m'a dit le général, tout l'Ouest était en feu!

Les malheurs qu'on n'a pu éviter sont déjà terribles : c'est par centaines que l'on compte les victimes, les femmes, les enfants et les soldats tombés pour leur défense. Parmi ces derniers, un neveu de lord Napier. Le général en chef reçut des balles dans son bonnet de fourrure. Il fallut plusieurs combats sanglants, notamment ceux de l'Anse-aux-Poissons, du Coup-de-Couteau, de Batoche et du Fort-Pitt, pour réduire les métis et les sauvages alliés.

Riel lui-même fut atteint dans les bois, le 15 mai, par les éclaireurs, et fait prisonnier sans résistance. Son principal lieutenant, Dumont, dont on vante le courage, put échapper aux poursuites.

Riel vient d'être jugé et condamné à mort par le jury de sa province. Il en a appelé au Conseil privé. Les avocats plaidaient, non pas contre l'application de la loi, qui a été régulière, mais contre la loi même qui, dans l'Ouest, fixe à six le nombre des jurés, au lieu d'en accorder douze, comme en tout autre pays de la Couronne anglaise.

Les Canadiens français regardent Riel — qu'ils ont crânement combattu, mais qui est presque l'un des leurs, — comme un fou à lier, un fou dangereux, qu'il fallait gracier et enfermer; ils rappellent que déjà il a été interné quelques mois, en 1877, à l'asile des aliénés de Beauport.

— Et vous, mon général, demandai-je en concluant, vous qui l'avez vu de près, que pensez-vous de votre prisonnier? Est-il criminel ou fou?

— Moi, je le trouve très sain d'esprit, très malin et très coupable!

Depuis lors, Riel a été pendu. On ne voit pas quel intérêt les Canadiens-Français pourraient avoir à solidariser leur cause si pure et si belle avec les actes d'un personnage que ses juges ont unanimement condamné, et que ses meilleurs amis proclament insensé.

Quoi qu'il en soit, les révoltes ne paraissent plus désormais à craindre chez les sauvages et métis de l'Ouest.

Plus encore que le coup vigoureux porté par l'expédition de cette année, l'achèvement prochain d'une œuvre colossale, du chemin de fer transcontinental, traversant le continent canadien dans toute sa largeur, de l'Atlantique au Pacifique, va porter dans l'Ouest la civilisation, la culture et la sécurité.

Cette voie nouvelle, qui coupe les plaines du Manitoba, qui gravit et redescend les Montagnes-Rocheuses, suit parallèlement, à quelques centaines de lieues plus haut, la célèbre ligne des États-Unis, qui met aussi en communication les deux océans.

Mais l'attention de la France doit se porter surtout sur la voie canadienne, qui va se terminer.

On assure en effet là-bas que la traversée de l'Atlantique entre le Havre et le Canada, le parcours du Continent par chemin de fer, et la traversée du Pacifique entre le Canada et le Japon, s'effectueront en vingt-huit jours!

Si l'on fait dans ce calcul la part d'un enthousiasme optimiste, il n'en demeure pas moins certain que, pour nous — fait capital, — va s'ouvrir la route la plus directe, la plus courte, vers l'Extrême-Orient!

LA DERNIÈRE FEUILLE

DE MON CARNET.

LA DERNIÈRE FEUILLE DE MON CARNET

4 septembre 1885.

Nous allons prendre le paquebot du retour. Les manifestations du départ revêtent le plus touchant caractère. Je défierais le plus sceptique de se défendre contre l'émotion devant ces adieux en vers et en prose, avec ou sans musique, dans la rue, dans la presse ou à table, qui s'adressent à tous et à chacun, qui se répètent en groupe et isolément, sur le port aussi bien qu'au palais du Gouvernement et à la Mairie.

La Nouvelle-France nous crie, par cinquante mille bouches : « Ne nous laissez pas oublier par la grande France! Dites-lui, vous qui retournez à elle, combien l'aime sa jeune sœur ! »

Hélas ! des affections et des souvenirs, voilà tout ce qui nous reste ici ! Cette pensée tourmente le cœur, quand on s'éloigne des cités amies, qui nous saluent de leurs tendres et brillants adieux !

Ces frères si affectionnés,nous les avons perdus !

Et quels frères !

« Jamais, écrivait le dernier gouver-
« neur français du Canada, le marquis de
« Vaudreuil, aux ministres du Roi, ja-
« mais peuples n'ont été aussi dociles,

« aussi braves et aussi attachés à leurs « princes ! »

Le vapeur siffle.

Un membre du Parlement fédéral, M. T..., me jette ce dernier mot, qui, dans sa brièveté gracieuse, résume toutes nos pensées :

— Au revoir, ami, au revoir, ici ou en France : — deux *chez-nous !*

TABLE

Paris. — Soc. d'impr. PAUL DUPONT (Cl.) 130.1.86.

Paris. — Soc. d'Imp. Paul Dupont (Cl.) 14.2.86.

www.ingramcontent.com/pod-product-compliance
Ingram Content Group UK Ltd.
Pitfield, Milton Keynes, MK11 3LW, UK
UKHW022103190726
13855UKWH00002B/604